Texte de Claudie Stanké
Illustrations de Célir

Le cadeau

la courte échelle

Les éditions de la courte échelle inc.
5243, boul. Saint-Laurent
Montréal (Québec) H2T 1S4
www.courteechelle.com

Directrice de collection : Anne-Sophie Tilly

Consultantes en pédagogie : Marélyne Poulin et Marie-Pascale Lévesque

Révision : Sophie Sainte-Marie

Conception graphique : Kuizin Studio

Infographie : Sara Dagenais

Dépôt légal, 2ᵉ trimestre 2009
Bibliothèque nationale du Québec

La courte échelle reconnaît l'aide financière du gouvernement du Canada par l'entremise du Programme d'aide au développement de l'industrie de l'édition pour ses activités d'édition. La courte échelle est aussi inscrite au programme de subvention globale du Conseil des Arts du Canada et reçoit l'appui du gouvernement du Québec par l'intermédiaire de la SODEC.

La courte échelle bénéficie également du Programme de crédit d'impôt pour l'édition de livres — Gestion SODEC — du gouvernement du Québec.

Catalogage avant publication de Bibliothèque et Archives nationales du Québec et Bibliothèque et Archives Canada

Stanké, Claudie

     Le cadeau

     (Premières lectures ; 8)
     Pour enfants de 6 ans et plus.

     ISBN 978-2-89651-180-8

     I. Malépart, Céline. II. Titre.

PS8587.T322C32 2009   jC843'.54   C2008-942192-2
PS9587.T322C32 2009

Imprimé en Chine

À la découverte des personnages

Mina

Mina est une petite fille malicieuse. Elle est gourmande, coquette, mais surtout distraite. Elle aime aussi jouer des tours… Sa plus grande qualité c'est d'avoir un grand cœur. Mina est la meilleure amie de Touti.

Touti

Touti est un petit hamster bien sympathique. Il est coquin, taquin, mais surtout curieux. Il aime bien dormir aussi... Sa plus grande qualité, c'est d'être serviable. Touti est le meilleur ami de Mina.

À la découverte de l'histoire

Chapitre 1
Une journée bien spéciale

Ce matin, Mina sort du lit avant que ses deux yeux soient grands ouverts.

Touti, son ami hamster, dort
encore. Mina a un sourire
coquin. Aujourd'hui, c'est
l'anniversaire de Touti !

Mina sort papier, colle et
ciseaux. Elle fabrique un livre-
vœux pour son ami. Ce livre très
spécial aide à réaliser des vœux.

Il suffit d'inscrire son prénom
dans le livre. Puis il faut écrire
ce qu'on désire. Après, on note
ce qu'on peut faire pour l'obtenir.

Ensuite, on lit et relit chaque jour ce qu'on a écrit. On trouve alors la force pour réaliser nos vœux.

Chapitre 2
Mina, la distraite

Avec un peu de temps et
beaucoup d'amour, Mina finit de
fabriquer le livre-vœux de Touti.
Elle enveloppe son cadeau et
s'empresse de le cacher.

Ensuite, Mina attend que Touti
se réveille. Elle attend, attend et
trouve le temps bien long.

Enfin, son hamster préféré se lève.

Mina se précipite vers lui :

— Bon anniversaire, Touti !
Elle ajoute, toute fière :

— Ferme les yeux, j'ai une
surprise pour toi !

— Une surprise ?

Touti est si content! Il ouvre les
yeux encore plus grand.

Soudain, Mina ne se rappelle
plus où elle a caché le cadeau de
Touti !

— Essaie de t'en souvenir,
supplie Touti. L'as-tu caché
dans... le réfrigérateur?

—J'y ai bien pensé, avoue Mina,
mais il y fait trop froid !

— L'as-tu caché dans le four ?
demande Touti avec des yeux
pleins d'espoir.

— Non... répond Mina, il y fait
trop chaud.

Chapitre 3
Le cadeau de Touti

Mina et Touti décident de chercher le cadeau partout. Ils mettent la cuisine à l'envers et le salon sens dessus dessous.

Mina et Touti continuent leurs
recherches dans la chambre de
Mina.

Il n'y a aucun cadeau sous le
lit, ni dans les tiroirs et encore
moins dans l'armoire.

Les deux amis cherchent et
cherchent encore. Tout finit par
une grosse bataille d'oreillers.
Soudain, le livre-vœux apparaît
comme par magie. Mina l'avait
caché... sous son oreiller !

Glossaire

Malicieux, malicieuse: Qui aime taquiner.

S'empresser: Se dépêcher, faire vite.

Supplier: Demander quelque chose en insistant.

À la découverte des jeux

Un calendrier personnalisé

Crée ton propre calendrier.
Pour chaque mois, fais un
dessin et inscris les dates
d'anniversaire des gens
que tu aimes.

Des cadeaux écolos!

Mina fabrique le cadeau de Touti. Trouve des arguments pour convaincre tes proches de réaliser eux-mêmes leurs présents.

Découvre d'autres activités au
www.courteechelle.com

Table des matières